ATTENTION !
Afin de respecter l'œuvre, ce volume est présenté dans son sens de lecture original.
Vous êtes ici à la fin du volume. Commencez par la dernière page et lisez les bulles de droite à gauche.

Scénario et dessin
KAHO MIYASAKA

Traduction
ARNAUD TAKAHASHI

Lettrage
LARA IACUCCI

Directeur de l'édition française **ALAIN GUERRINI**. Comité de direction **A. GUERRINI, A. DENECHERE, S. DALLAIN**. Directeur délégué **SÉBASTIEN DALLAIN**. Directeur éditorial européen **MARCO M. LUPOI**. Rédacteur en chef **WALTER DE MARCHI**. Responsable marketing opérationnel **MARJORIE TODRANI**. Chef des ventes **BENOÎT FRAPPAT**. Coordinatrice commerciale **LYDIE PHAM**. Contrôleur de gestion **GRÉGORY PELUSO**. Relations presse **FHCOM**. Coordinateurs éditoriaux **MATTEO LOSSO, ANNA RODELLA**. Supervision **LAETITIA SAMMARTINO**. Rédacteur **MATTHIAS DAGORNE**. Directeur artistique **MARIO CORTICELLI**. Conceptrice graphique **SABRINA PIU**. Maquettiste **PAOLA CARPI**. Responsable production **ALESSANDRO NALLI**. Avec la collaboration de **J. BAGLIO, S. CONY, A. JODKOWSKI, MPG, V. PARRA, S. VAUBOIS** et de toute l'équipe de Panini.

A ROMANTIC LOVE STORY 1
ISBN : 978-2-8094-0788-4

Un ouvrage PANINI MANGA / PANINI FRANCE S.A.
Commercialisation et relations média : PANINI FRANCE S.A. – Z.I. SECTEUR D – B.P. 62 – 06702 SAINT-LAURENT-DU-VAR CEDEX
www.paninicomics.fr – presse-bd@panini.fr – Tél. 04 92 12 57 57 / Fax 04 92 12 57 58

TOUJOURS DISPONIBLES EN LIBRAIRIE

KARE FIRST LOVE

Série en 10 volumes

BINETSU SHOJO

Série en 10 volumes

KISS IN THE BLUE

Série en 4 volumes

DÉJÀ PARUS

PANINI MANGA www.paninicomics.fr

20TH CENTURY BOYS - 1 à 22
Naoki Urasawa
21ST CENTURY BOYS - 1 & 2
Naoki Urasawa
A ROMANTIC LOVE STORY - 1
Kaho Miyasaka
AI SURU HITO - 1 à 4
Yuki Yoshihara
ANGEL HEART - 1 à 27
Tsukasa Hojo
BABE MY LOVE - 1 à 7
Yoko Maki
BEAUTY - 1 à 5
Aya Oda
BINETSU SHOJO - 1 à 10
Kaho Miyasaka
BLOOD - LE ROMAN
Mamoru Oshii
BLUE HEAVEN - 1 à 3
Tsutomu Takahashi
B.O.D.Y. - 1 à 8
Ao Mimori
CAT'S EYE - 1 à 9
Tsukasa Hojo
CITY HUNTER - 1 à 22
Tsukasa Hojo
CITY HUNTER X
Tsukasa Hojo
DARLING - 1 à 8
Yuki Yoshihara
DAYDREAM - 1 à 7
Sankichi Meguro & Saki Okuse
DÉSIR©MAX - 1 à 6
Ayane Ukyo
DITES-MOI QUE J'EXISTE - 1 à 3
Ryo Ikuemi
DOGS - 0
Shiro Miwa
DOGS BULLETS & CARNAGE - 1 à 3
Shirow Miwa
EDEN - 1 à 17
Hiroki Endo
ENFER&PARADIS - 1 à 19
Oh! great
FLOWER OF EVIL - 1 à 3
Lee Hyeon-sook
4 PURE LOVES
Mayumi Yokoyama
4 REASONS
Mayumi Yokoyama
FULL METAL PANIC! - 1 à 9
Shouji Gatou & Retsu Tateo
FULL METAL PANIC! Σ - 1 à 6
Hiroshi Ueda, Shouji Gatou & Shikidouji

GALISM - 1 à 6
Mayumi Yokoyama
.HACK - 1 à 3
Rei Izumi & Tatsuya Hamazaki
.HACK//G.U.+ - 1 à 4
Tatsuya Hamazaki & Yuzuka Morita
HIMIKO-DEN
Oh! great
HIROKI ENDO NOUVELLES - 1 & 2
Hiroki Endo
HONEY BITTER - 1 à 4
Miho Obana
HONEY BUNNY - 1 & 2
Ryo Ikuemi
HOST CLUB - 1 à 13
Bisco Hatori
HOT GIMMICK - 1 à 12
Miki Aihara
IKKITOUSEN - 1 à 12
Yuji Shiozaki
KARE FIRST LOVE - 1 à 10
Kaho Miyasaka
KATTE NI SHIYAGARE - 1 & 2
Keiko Konno
KAZE NO SHÔ
Jirô Taniguchi & Kan Furuyama
KEN - 1 à 19
Tetsuo Hara & Buronson
KIRARA - 1 à 6
Toshiki Yui
KISS IN THE BLUE - 1 à 4
Kaho Miyasaka
KOKO DEBUT - 1 à 5
Kazune Kawahara
LA SUBMERSION DU JAPON - 1 & 2
Sakyou Komatsu & Tokihiko Ishiki
LE CHEMINOT
Jiro Asada & Takumi Nagayasu
LONE WOLF & CUB - 1 à 24
Kazuo Koike & Goseki Kojima
LOVE BERRISH ! - 1 & 2
Nana Haruta
LOVELY DEVIL - 1 à 11
Mitsuba Takanashi
MERU PURI - 1 à 4
Matsuri Hino
METAMO KISS - 1 à 3
Sora Omote
MIERU HITO - 1 à 5
Toshiaki Iwashiro
MIN MIN MINT
Satoshi Shiki
MOONLIGHT MILE - 1 à 10
Yasuo Otagaki

NIJIGAHARA HOLOGRAPH
Inio Asano
NORA - 1 à 9
Kazunari Kakei
NOSATSU JUNKIE - 1 à 5
Ryoko Fukuyama
PARFAIT-TIC! - 1 à 12
Nagamu Nanaji
PEACH GIRL ILLUSTRATION BOOK
Miwa Ueda
PLANETES - 1 à 4
Makoto Yukimura
PRINCESSE KAGUYA - 1 à 11
Reiko Shimizu
REAL BOUT HIGHSCHOOL - 1 à 5
Reiji Saiga & Sora Inoue
RED EYES - 1 à 10
Jun Shindo
ROCKIN' HEAVEN - 1 à 3
Mayu Sakai
SAINT SEIYA EPISODE. G - 1 à 15
Masami Kurumada & Megumu Okada
SAIYUKI - 1 à 9
Kazuya Minekura
SAIYUKI RELOAD - 1 à 7
Kazuya Minekura
SENNEN NO YUKI - 1 & 2
Bisco Hatori
SIN - 1 & 2
Kim Hwan
SKIN - 1 à 3
Kouji Hayashi & Kunihiko Nakai
SIDOOH - 1 à 8
Tsutomu Takahashi
SOLARIUM - 1 & 2
Keiichi Itou
SUREBREC
Kazunari Kakei
TOKYO MAGNITUDE 8 - 1 & 2
Usamaru Furuya
TOTO - 1 à 5
Yuko Osada
URA PEACH GIRL - 1 à 3
Miwa Ueda
VAMPIRE KNIGHT - 1 à 8
Matsuri Hino
VENUS WA KATAOMOI - 1 à 13
Yuki Nakaji
WHISTLE! - 1 à 15
Daisuke Higuchi
ZERO THE CIRCLE OF FLOW - 1 & 2
Lim Dall-Young & Roh Sang-Yong

Pour compléter votre collection : tél. 04 92 12 57 65 - fax 04 92 12 57 58 - www.paninicomics.fr

MAI 2009

Couverture provisoire

A ROMANTIC LOVE STORY 1
Kaho Miyasaka

Nouvelle édition !

MERU PURI 1-2-3-4
Matsuri Hino

ROCKIN' HEAVEN 3
Mayu Sakai

KOKO DEBUT 5
Kazune Kawahara

Couverture originale

HOST CLUB 13
Bisco Hatori

LOVE BERRISH ! 2
Nana Haruta

CAT'S EYE 9
Tsukasa Hojo

Couverture originale

FULL METAL PANIC Σ 6
Hiroshi Ueda, Shouji Gatou, Shikidouji

NOSATSU JUNKIE 6
Ryoko Fukuyama

ANGEL HEART 27
Tsukasa Hojo

Couverture originale

SAINT SEIYA EPISODE. G 15
Masami Kurumada & Megumu Okada

POUR-
TANT...
... QUELQUE CHOSE ME POUSSE À NE PAS ME DÉBATTRE.
SE POURRAIT-IL QUE DANS LE FOND... J'AIE ENVIE DE RESTER AVEC LUI ?
À SUIVRE...

PARCE QUE JE N'AI PAS L'INTENTION DE TE LÂCHER.
JE NE COM-PRENDS DÉCIDÉ-MENT PAS COMMENT IL FONC-TIONNE !

HEIN ?!
VAS-Y, SI TU LE VEUX VRAIMENT.
OU PLUTÔT, SI TU LE PEUX.

J'AI ENVIE DE MARCHER AVEC TOI.
...
IL...
...RECOMMENCE !
POURQUOI ?
JE... J'AI PROMIS D'ALLER À UNE GOKON...
TU AS VRAIMENT ENVIE D'Y ALLER ?

TILT
ZIP
OU... OUAAAH !
QU'EST-CE QU'IL FAIT ICI, LUI ?
MOI QUI NE VOULAIS PAS LE VOIR...
CUI-CUI...
RENTRONS ENSEMBLE.

ROUL
BOM
OUAH !
IL N'Y A RIEN DU TOUT. TU VOIS BIEN.
À PART CETTE FENÊTRE OUVERTE.
HEIN ?
CUI-CUI ?!
UN Œ...
UN Œ...
UN ŒNCE ...
J'AI VU UN ŒIL ! ICI !
UN ŒIL !
HEIN ?
QU'EST-CE QUE TU RACONTES ?

すすす…
SSSU
KYAAAAAA!
HURLE-
MENT
SOURD
バッ
BAA

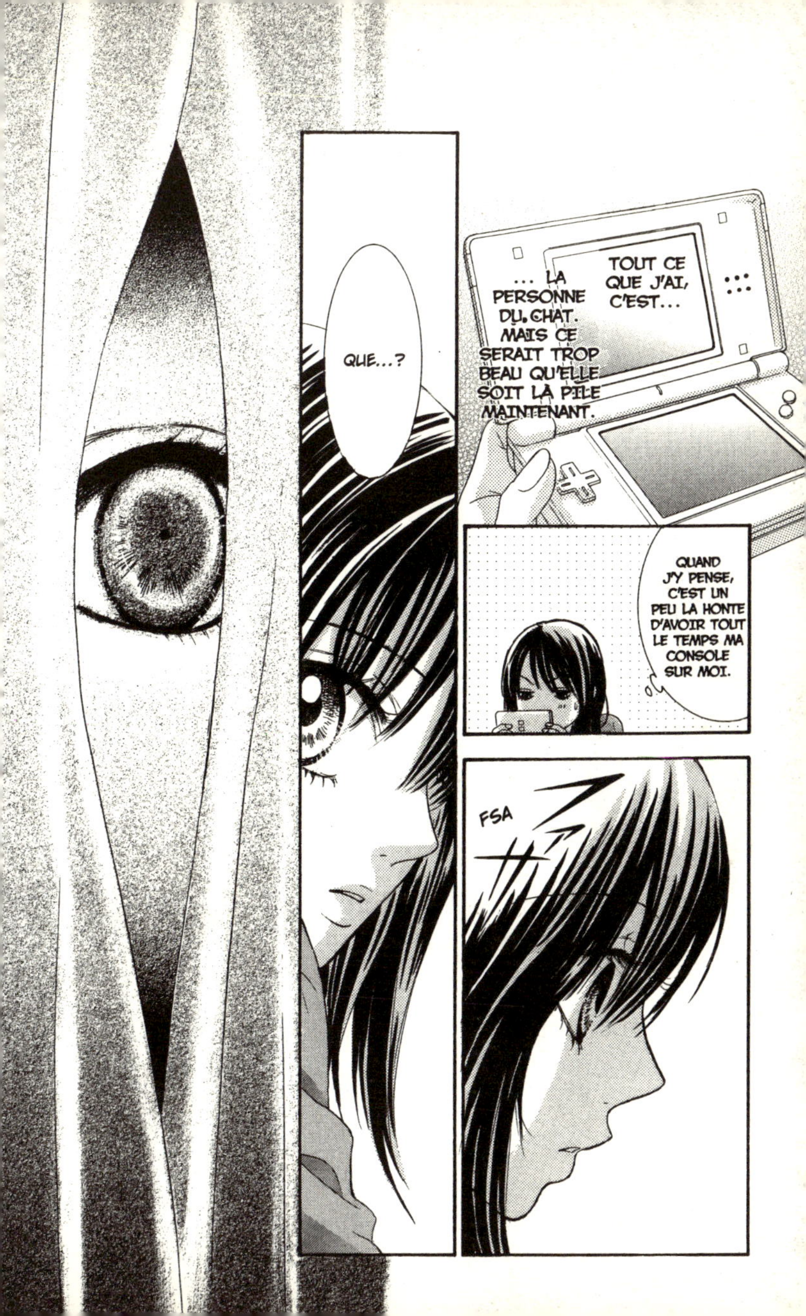
TOUT CE QUE J'AI, C'EST...
... LA PERSONNE DU CHAT. MAIS CE SERAIT TROP BEAU QU'ELLE SOIT LÀ PILE MAINTENANT.
QUAND J'Y PENSE, C'EST UN PEU LA HONTE D'AVOIR TOUT LE TEMPS MA CONSOLE SUR MOI.
FSA
QUE...?

FLA
LA GOKON ! J'AVAIS COMPLÈTEMENT OUBLIÉ !
QUELLE HEURE IL EST ?!
DOONG DIIING
DIIING
DOOONG
DAAANG
...
JE N'AI PAS ENVIE D'Y ALLER.
JE N'AVAIS RIEN DEMANDÉ. JE N'AI AUCUNE RAISON DE ME FORCER.
J'EN AI ASSEZ DE MOI ET DE MON INCAPACITÉ À DIRE NON.
IL FAUT QUE JE DEVIENNE PLUS FORTE.
SI SEULEMENT J'AVAIS QUELQU'UN À QUI ME CONFIER...

C'ÉTAIT IDIOT DE L'ASPERGER COMME ÇA.
IL DOIT ÊTRE ENCORE PLUS EN COLÈRE CONTRE MOI, MAINTENANT.
...
QU'EST-CE...
... QUI M'A PRIS ?!
QUE FAIRE ...?
JE NE PEUX PLUS ME PRÉSENTER DEVANT LUI ! CE SERAIT LA MORT ASSURÉE !
FLAP
DING
DONG
DANG

SHAA
C'EST LE
LIT OÙ IL A
DORMI...

CE N'EST VRAIMENT PAS MALIN DE JOUER AVEC DE L'EAU EN CETTE SAISON.
ATTENDS ICI. JE VAIS CHERCHER LE SÈCHE-CHEVEUX.
ガラ
ROUL
DÉ...
DÉSO-LÉE...
...
ESSAYONS DE RESTER ICI LE PLUS LONGTEMPS POSSIBLE.
SI JE RETOURNE EN CLASSE MAINTENANT, JE RISQUE DE TOMBER SUR KAJI...

INFIRMERIE

ÇA, C'EST POUR HIER !
DASH

C'EST
FROID !
QU'EST-CE
QUI TE
PREND ?!

PSCHAAA

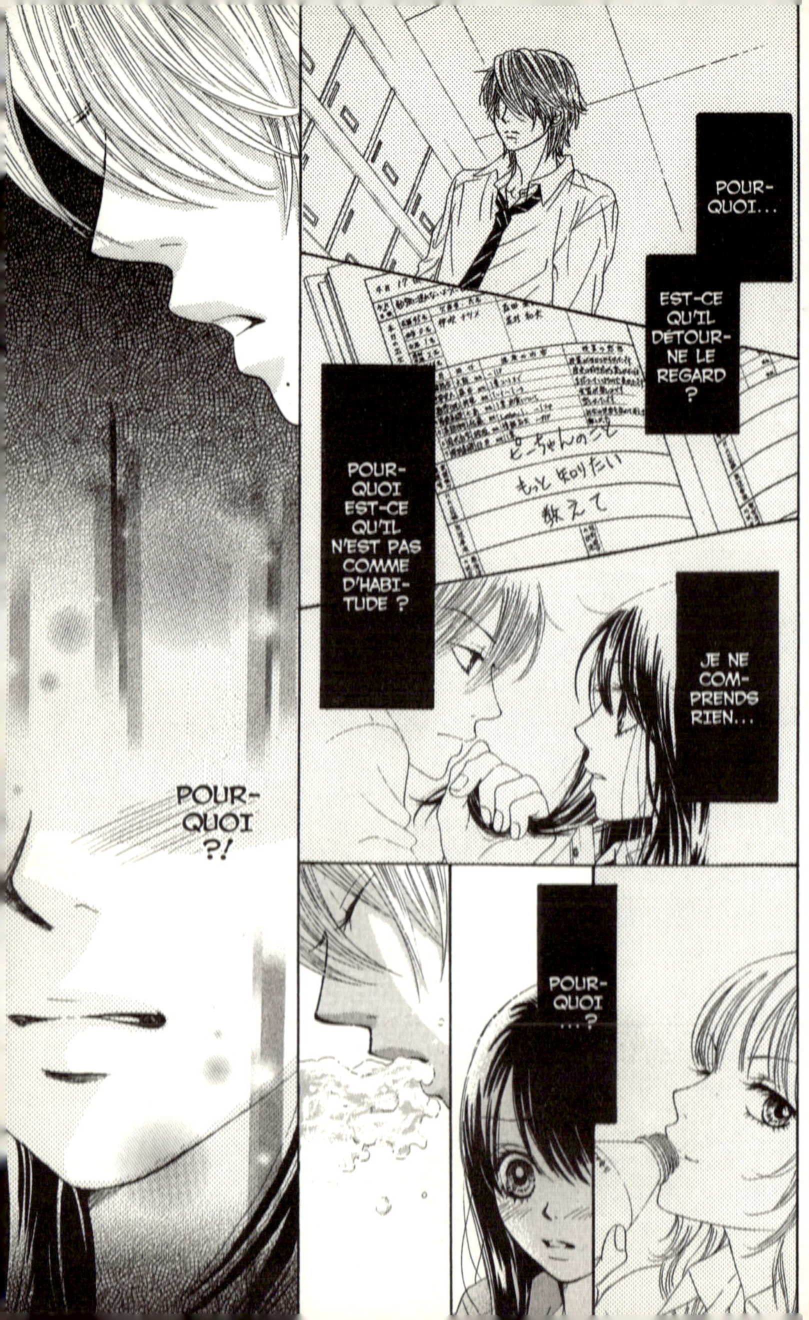
POUR-QUOI...
EST-CE QU'IL DÉTOURNE LE REGARD ?
ピーちゃんのこと
もっと知りたい
教えて
POUR-QUOI EST-CE QU'IL N'EST PAS COMME D'HABI-TUDE ?
JE NE COM-PRENDS RIEN...
POUR-QUOI ...?
POUR-QUOI ?!

QU'EST-CE QUE JE PEUX POUR TOI ?
POUR-QUOI...
... EST-CE QU'IL ME PARLE SUR CE TON FROID ?

PSCHHHH
J'AI CHAUD.
SPLASH
FLA
FLA
FLA
DODOM

FLAP
ピーちゃんのこと
もっと知りたい
教えて
SALUT, YUKI-TO !
OUAIS. SALUT.
DODOM

BON, DÉSOLÉ, LES GARS, MAIS MOI, IL VA FALLOIR QUE J'Y AILLE.
QUOI ? T'AS RENCART AVEC UNE MEUF ?
HA HA HA HA !
UNE GOKON, À TOUS LES COUPS. N'OUBLIE PAS QUE MONSIEUR EST LE SPÉCIALISTE !
EXACT ! HARADA QUI M'A DEMANDÉ D'EN ORGANISER UNE EN URGENCE. AVEC DES TYPES DE SHOEI.
ÇA A ÉTÉ GALÈRE À ORGANISER. ELLE VOULAIT UN GARS PRÉCIS, J'AI DÛ FAIRE JOUER MES RELATIONS COMME JAMAIS.
C'EST EN RAPPORT AVEC CE QU'ELLE DISAIT L'AUTRE FOIS SUR KOTORI KAJI, ÇA, NON ?
BINGO.
APPAREMMENT, ELLE VEUT ABSOLUMENT LES COLLER ENSEMBLE, TOUS LES DEUX.
...
C'EST UN GARÇON DE TERMINALE. PLUTÔT BEAU GOSSE. ELLE A BON GOÛT, LA KOTORI.
HA HA HA !
EH, BIEN !
JE NE PENSAIS PAS QU'ELLE ÉTAIT DU GENRE À PARTICIPER À DES GOKONS.
ABE...
OUI ?
ABEEEE...
GARGL !
MAIS... QUOI ?!

HÉ !
YUKITO, ON VA SE FAIRE UN FOOT. TU VIENS ?
HEIN ?
OUI, CARRÉMENT !
TAP
TAP
TAP
HEP, LÀ ! ON NE COURT PAS !
QUANT À TOI, KAJI : TU ES DE CORVÉE, JE TE RAPPELLE !
MAIS OUI, MAIS OUI.
JE NE VOUS ENTENDS PAS, M'SIEUR !
FWAA
IL...
... NE M'A PAS REGARDÉE UNE SEULE FOIS DE LA JOURNÉE.

QUE... QUE FAIRE...?
JE NE SUIS JAMAIS ALLÉE À UNE GOKON.
IL FAUT QUE JE TROUVE UNE EXCUSE POUR ME DÉFILER.
C'EST TROP SOUDAIN !
ET PUIS... JE NE SUIS PAS À PROPREMENT PARLER AMOUREUSE DE CE GARÇON...
SI JE PRÉTEXTAIS UN COUVRE-FEU À 17 HEURES, COMME L'AUTRE KAJI ?
ARGH ! JE NE TROUVE PAS DE BONNE IDÉE...
KOTORINETTE ! JE PARS DEVANT AVEC LES AUTRES !
...
RIEN À FAIRE...
JE NE PEUX PLUS RECULER...
MON... MONSIEUR... VOUS N'AVEZ PAS UNE PETITE CORVÉE ?
QUELQUE CHOSE QUE JE NE POURRAIS ABSOLUMENT PAS REFUSER...
HÉ, BIEN ! C'EST RARE DE VOIR DES ÉLÈVES AUSSI MOTIVÉS POUR LES CORVÉES.
HA HA HA HA !
L'AUTRE KAJI ! TU DEVRAIS EN PRENDRE DE LA GRAINE !
HEIN ?

JE T'AI ORGANISÉ UNE GOKON AVEC LE GARÇON DE SHOEI. TU SAIS, CELUI AVEC QUI TU DISCUTAIS L'AUTRE JOUR ? ♡
C'EST PRÉVU POUR CE SOIR À 17 HEURES.
HÉ HÉ ! ♡
AVOUE : TU ES CONTENTE !
QUE...
QUOIIIIII ?!
AUJOURD'HUI, EN PLUS ?!
VOILÀ. C'EST FINI POUR AUJOURD'HUI. VOUS POUVEZ PARTIR.

*SECONDE F **CAHIER DE LA CLASSE

DIRE QUE J'AI RONGÉ MON FREIN TOUTE LA JOURNÉE...
... POUR NE RIEN LAISSER TRANSPA-RAÎTRE.
QUOI ?
QU'EST-CE QU'IL A VOULU DIRE ?
POURQUOI IL A FAIT ÇA ?

BA
TAC
ARRÊ-
TE !
QU'EST-CE
QUI TE
PREND ?

OUPS
...
KICK
TOC
QUE...?!

KAJI ?!
QUE...
QU'EST-CE QU'IL Y A ?
...
RIEN.
GWI
POUSSE TA MAIN.
JE RENTRE CHEZ MOI.
POF

カタ
TAC
...
J'AI LAISSÉ MA PLACE SANS RIEN DIRE.
J'ESPÈRE QUE JE N'AI PAS FAIT UNE BÊTISE.
HARADA AVAIT L'AIR D'Y TENIR TELLE-MENT...
"IL FAUT ABSOLUMENT QUE TU TE METTES DANS NOTRE GROU-PE !"
OUI.
J'AI PRIS LA BONNE DÉCISION.
BAM

TU ES ENCORE DE CORVÉE AUJOURD'HUI, YUKITO ? ON VA SE MANGER UN HAMBURGER AVEC LES AUTRES. TU NOUS REJOINS PLUS TARD ?
NON, NE M'ATTENDEZ PAS. JE NE SAIS PAS À QUELLE HEURE JE VAIS POUVOIR ME LIBÉRER.
OK. ALORS À PLUS.
ROUL
HARADA ? QU'EST-CE QUE TU FICHES ICI ? OÙ EST CUI-CUI ?
OH ! YUKITO !
SI C'EST KOTORINETTE QUE TU CHERCHES, ELLE EST PARTIE.
ELLE NE VOULAIT PLUS FAIRE LES CORVÉES. ELLE M'A DEMANDÉ DE LA REMPLACER.

COMME JE SUIS CONTENTE ! C'EST VRAI-MENT GENTIL DE TA PART ! ♡
EH, BIEN VOILÀ ! COMME ÇA, C'EST PAR-FAIT ! ♡
OUI ! ♡
C'EST L'OCCASION RÊVÉE DE LE FAIRE CRAQUER. À TA PLACE, JE LUI PRÉPARERAIS UN PANIER-REPAS.
TU CROIS ? OH, LÀ LÀ ! ♡
QUAND ON SERA SUR PLACE, IL FAUT ABSOLU-MENT QUE TU TE METTES DANS NOTRE GROUPE ! ON MANGERA ENSEMBLE À MIDI ! ♡
O... OK.
JE NE MANQUERAI PAS DE TE REMERCIER POUR CE QUE TU AS FAIT. TU PEUX ME CROIRE ! ♡
...
TANT QUE J'Y SUIS...
... KOTORI-NETTE...
... J'AI UNE AUTRE PETITE FAVEUR À TE DEMANDER.

TU VAS ÊTRE À CÔTÉ DE YUKITO DANS LE BUS, POUR LE VOYAGE.
EN...
EN QUOI EST-CE QUE C'EST ENVIABLE ?
DÉCIDÉMENT, IL FAUT TOUT T'EXPLIQUER. C'EST POURTANT SIMPLE : HARADA EST...
CHUT ! NE LE DIS PAS ! TU VAS ME FAIRE ROUGIR !
CHUCHOTE
CHUCHOTE
VAS-Y, PROPOSE-LUI ! C'EST LE MOMENT OÙ JAMAIS.
CHUCHOTE
JE... JE NE SAIS PAS SI JE DOIS...
REGARDE
ÇA NE SE FAIT PAS...
C'ÉTAIT DONC ÇA...
HARADA EST AMOUREUSE DE KAJI...
TU VEUX ...
... QU'ON ÉCHANGE DE PLACE ?
TU FERAIS ÇA POUR MOI ? VRAIMENT ?

CE QUI VEUT DIRE QU'IL N'A CERTAINEMENT PAS ENTENDU CE QUE J'AI DIT HIER.
TANT MIEUX.
POURQUOI...
... EST-CE QUE JE ME SENS AUSSI SOULAGÉE ?
QU'IL L'AIT ENTENDU OU NON, JE M'EN MOQUE !
CERTAINS D'ENTRE VOUS SONT CERTAINEMENT MOINS BIEN INTÉGRÉS QUE D'AUTRES. POUR CETTE RAISON, VOS PLACES DANS LE BUS VOUS SERONT ATTRIBUÉES PAR ORDRE ALPHABÉTIQUE.
PAR ORDRE ALPHABÉTIQUE...? MAIS ALORS, JE VAIS ENCORE ÊTRE AVEC...
PAS INTÉGRÉE.
... KAJI...
AU FAIT, LES DEUX KAJI !
VENEZ ME VOIR AVANT DE PARTIR. J'AI UN TRAVAIL POUR VOUS.
M'SIEUR ! MOI, IL FAUT QUE JE SOIS CHEZ MOI AVANT 17H. ORDRE DE MES PARENTS.
MENTEUR.
HI HI
HA HA HA HA
NE PAS RÉFLÉCHIR.
J'AI HÂTE QUE CETTE SEMAINE DE CORVÉE SE TERMINE...
COMME JE T'ENVIE, KOTORINETTE...

AH... MERCI.
...
REGARDE
チラ
一年生親睦会
TU COMPTES ME FAIRE ATTENDRE LONGTEMPS, COMME ÇA ?
NON... TIENS. FAIS PASSER.
TU N'AS PAS ENCORE PU TE FAIRE DE NOUVEAUX AMIS ? VOICI L'OCCASION DE TE RATTRAPER. AMUSONS-NOUS TOUS ENSEMBLE, ET DEVENONS UNE CLASSE SOUDÉE !
LIEU
DATE
SECONDES - VOYAGE D'INTÉGRATION
SON ATTITUDE...
... N'A PAS L'AIR D'AVOIR CHANGÉ.

1年生 親睦会 日程*
COMME CHAQUE ANNÉE POUR LES SECONDES, NOUS ALLONS ORGANISER UN VOYAGE D'INTÉGRATION POUR QUE VOUS PUISSIEZ APPRENDRE À VOUS CONNAÎTRE.
JE VAIS VOUS DISTRIBUER UN POLYCOPIÉ OÙ VOUS TROUVEREZ TOUS LES DÉTAILS.
*SECONDES - VOYAGE D'INTÉGRATION - PLANNING
UN VOYAGE, MONSIEUR ? ON VA OÙ ?
UN PARC D'ATTRACTION, CE SERAIT TOP !
L'OCCASION RÊVÉE POUR SE FAIRE DE NOUVEAUX AMIS...
C'EST UNE CHANCE UNIQUE...
ENFIN, THÉORIQUEMENT.
UN VOYAGE D'INTÉGRATION...
LES AUTRES... ILS FORMENT DÉJÀ PRESQUE UN GROUPE SOUDÉ.
JE ME DEMANDE S'IL Y A UNE PLACE POUR MOI...
FAIS PASSER.

ELLE EST ASSISE... À MA PLACE.
SALUT.
EUH...
SALUT.
...
VOILÀ QUE...
... ÇA ME REPREND.
ENCORE CETTE SEN-SATION BIZARRE...

JE ME SENS UN PEU BRUMEUSE, CE MATIN...
TIENS ! KOTORINETTE ! SALUT ! ♡
KO...
"KOTO-RINETTE" ?!
EUH... SALUT...
HÉ HÉ !
ET ALORS ENSUITE, YUKITO, CETTE FILLE DE SECONDE A, ELLE...

POURQUOI...
... EST-CE QUE JE N'ARRIVE PAS À ME DÉFAIRE DE CE NŒUD DANS LE VENTRE ?

SI... SI OUI... C'EST UNE CATASTROPHE !
IL POURRAIT MAL INTERPRÉTER CE QUE J'AI DIT. MAL LE PRENDRE !
MAIS... QU'EST-CE QUE JE RACONTE ?
JE M'EN FICHE QU'IL LE PRENNE MAL. JE N'AI AUCUNE RAISON DE M'EN FAIRE. IL N'EST RIEN POUR MOI !
RIEN DU TOUT !
KAJI...
DE TOUTE FAÇON...
... HARADA...
ON RENTRE ENSEMBLE ?

SLAM
DODOM
J'ALLAIS OUBLIER MA BOUTEILLE.
EST-CE QU'IL...
... A TOUT ENTENDU ?

KAJI...!!

KAJI(S)
4TH LESSON

"JE NE L'AIME PAS !"
ROUL
AH, BON ? C'EST VRAI ?
VRAI DE VRAI ? ALORS J'AI DÛ ME TROMPER.

NON.
JE NE L'AIME PAS.

HEIN ?
ALORS, RÉPONDS !
MOI ?
MOI ...?
QU'EST-CE QUI ...
... LUI FAIT CROIRE ÇA ?
AMOUREUSE DE... DE LUI ?
L'AI... L'AIMER ?
NE ME DIS PAS QUE... SI !
TU L'AIMES ?
MOI... ?

QU'EST-CE QUE C'ÉTAIT...
... QUE CE REGARD ?
*CAHIER DE LA CLASSE
KLAM
KAJI...
BOM
... TU NE SERAIS PAS AMOUREUSE DE YUKITO...
... PAR HASARD ?

てスッキリ

BON, EH BIEN... JE CROIS QUE JE N'AI PAS LE CHOIX.
KRAA
DIS...
JE PEUX T'EN PRENDRE UNE GORGÉE ?
JE SUIS VENUE EN COURANT. J'AI SOIF.
SI TU VEUX.
GÉNIAL, MERCI ! ♡

... YUKITO !
HEIN ?!
HEIN ? MOI ? TOUT SEUL ?
OUI. IL TE CHERCHAIT.
TU FERAIS MIEUX DE TE DÉPÊCHER.
"YUKITO" ?
ELLE L'APPELLE...
QUAND EST-CE QU'ELLE EST DEVENUE SI FAMILIÈRE AVEC LUI ?
... PAR SON PRENOM ?

ROUL
TIENS ? VOUS ÊTES ENCORE LÀ, TOUS LES DEUX ?
HA
ÇA TOMBE BIEN ! ♡
MONSIEUR NISHIYAMA VEUT TE VOIR...

HI...
HIER ?
MAIS... C'ÉTAIT... UNE BLAGUE...
C'ÉTAIT JUSTE POUR SE MOQUER !
IL...
IL... IL N'A PAS DIT ÇA SÉRIEUSEMENT...

ALORS DIS-MOI...
... TOUT !
ET DONNE-MOI TA RÉPONSE POUR HIER.

* CUI-CUI
PARLE-MOI DE TOI

TIENS, QU'EST-CE QUE TU EN PENSES ? ÇA VA, COMME ÇA ?
QUE...
VOYONS ...
... VOIR...
FLAP
QU'EST-CE...
... QU'IL A VOULU DIRE PAR "TRAN-QUILLES" ?

BRRR. J'AI PEUR.
JE N'ARRIVE PAS...
... À M'EMPÊCHER D'ÊTRE NERVEUSE.
...
C'EST LA PREMIÈRE FOIS QUE JE SUIS EN TÊTE-À-TÊTE AVEC UN GARÇON.
JE NE SAIS PAS OÙ REGARDER.
À...
À PROPOS DES POLYS, TOUT À L'HEURE...
TU AS PRÉTENDU AUX AUTRES QUE CEUX QUI NE LE RENDAIENT PAS À L'HEURE DEVRAIENT FAIRE LE MÉNAGE. POURTANT, CE N'EST PAS CE QUE LE PROFESSEUR AVAIT DIT...
NON.
ET ALORS ?
ÇA A FONCTIONNÉ : ON A RÉCUPÉRÉ TOUS LES POLYS...
... ET TOUT LE MONDE EST PARTI EN COURANT DÈS LA FIN DES COURS. MAINTENANT, ON EST TRANQUILLES.

SES CHE-VEUX...
ILS BRILLENT À LA LUMIÈ-RE...
COMME...
... CE MATIN.
C'ÉTAIT SI BEAU...
NE ME FIXE PAS COMME ÇA. EUH... J'AI LA MAIN QUI TREMBLE.
TAIS-TOI ET ÉCRIS !

C'EST MOI QUI VAIS LE FAIRE.
HEIN...?
CLIC CLIC
カチ カチ
"REMARQUES SUR LA JOURNÉE : AUJOURD'HUI, BEAU TEMPS". EH, BIEN...
TU N'AS PAS LA FIBRE LITTÉRAIRE.
VOYONS VOIR...
"BEAUCOUP DE POLLEN DANS L'AIR, UNE JOURNÉE PRINTANIÈRE TRÈS ÉPROUVANTE POUR LES ALLERGIQUES"... DIS DONC, C'EST TON JOURNAL INTIME OU QUOI ?
TU ES SÛRE QUE TOUT VA BIEN, CUI-CUI ?
OH, ÇA VA ! DÉPÊCHE-TOI DE FINIR, QU'ON N'EN PARLE PLUS !
HU HU

ABSENTS
IBUKI
AU SECOURS...
JE N'ARRIVE PAS À LEVER LES YEUX.
POURQUOI EST-CE QU'IL NE DIT RIEN ?
J'AI LA MAIN QUI TREMBLE...
AUJOURD'HUI, BEAU TEMPS
REMARQUES SUR LA JOURNÉE.
J'ÉCRIS N'IMPORTE QUOI...
SI SEULEMENT IL POUVAIT DIRE QUELQUE CHOSE...
ポキッ
CRAC
OUPS...
DONNE.

DODOM
QUE...
QUOI ?
NON, JE RESTE.
JE TE REGARDE FAIRE.
IL... IL NE RESTE PLUS QUE LE COMPTE-RENDU DE LA JOURNÉE À ÉCRIRE... TU PEUX Y ALLER.
POU...
POUR-QUOIIII...?
ZIP

カタ
KRAA
コト
TAC

THOMP
LE COMPTE Y EST. ON A TOUT RÉCUPÉRÉ.
OH.
POU...
POUR LES POLYS DE TOUT À L'HEURE, AUSSI...
ME... MERCI.

BROUHAHA
ザワ
MA VOIX NE PORTE PAS ASSEZ...
UN PEU DE SILENCE, S'IL VOUS PLAÎT...
HÉ, OH ! VOUS ÊTES SOURDS OU QUOI ?
SI VOUS NE RAMENEZ PAS CES DOCUMENTS REMPLIS...
... AVANT LA FIN DES COURS, VOUS ÊTES BONS POUR VOUS TAPER LE MÉNAGE.
HEIN ?
ALORS VOUS FAITES COMME VOUS LE SENTEZ, MAIS JE VOUS PRÉCISE QUAND MÊME...
... QUE J'AI HORREUR D'ATTENDRE.
LES... LES RUMEURS SUR SON PASSÉ ÉTAIENT DONC VRAIES...

EUH...
ELLE N'AVAIT PAS PRO-POSÉ DE M'AIDER ...?
BIEN.
LES DOCU-MENTS QUE JE VOUS AI DISTRIBUÉS SONT À REM-PLIR ET À ME RAMENER AU PLUS VITE.
BROUHAHA
BROUHAHA
J'EN AI BESOIN POUR AUJOUR-D'HUI, ALORS NE TRAÎNEZ PAS.
VOUS AVEZ ENTEN-DU ?
VISI-BLEMENT NON.
ILS N'ONT RIEN ÉCOUTÉ DU TOUT.
JE DOIS PARLER PLUS FORT.
BROUHAHA
LES DOCU-MENTS...
BROUHAHA
... SONT À REM-PLIR...

HIER... TOUT À L'HEU-RE... RIEN DE PLUS QUE DES MAU-VAISES PLAISAN-TERIES.
JE DOIS ARRÊTER D'Y PENSER.
DISTRIBUE ÇA À LA CLASSE.
OUI MON-SIEUR.
KAJI ! C'EST TOI QUI ES DE CORVÉE, CETTE SE-MAINE ?
EN PARLANT DE L'AUTRE KAJI, D'AIL-LEURS... TU SAIS OÙ IL EST ? JE NE L'AI PAS VU CE MATIN.
À L'IN-FIRME-RIE. IL DORT.
IL PARAÎT QUE TU ES AVEC L'AUTRE KAJI. TU VEUX QUE JE T'AIDE ?
AH... EUH...
HARA-DA...
AH, C'ÉTAIT DONC ÇA !
BON, EH BIEN... BON COU-RAGE ! ♡
SALUT !

J'AI BIEN CRU...
... QU'IL ALLAIT M'EM-BRASSER.
...
IL N'A...
... PAS DIT UN MOT SUR CE QUI S'EST PASSÉ HIER.
J'AVAIS RAISON : C'ÉTAIT DONC BIEN UNE BLAGUE.

HA HA HA HA !
ELLE ADORE LES CORVÉES ?
ELLE NE PLAISANTE JAMAIS AVEC ÇA ?
HI HI HI
クスクスクス
QU'EST-CE QU'IL NE FAUT PAS ENTENDRE !
ELLE EST VRAIMENT IMPAYABLE !
J'AI RÉUSSI !
JE LUI AI RÉPONDU !
J'AI TROUVÉ À RÉPLIQUER...
... À YUKITO KAJI !
ENFIN !
J'AI GAGN...
ARRGH ! POURQUOI JE REPENSE À ÇA ?!

CE REGARD…
C'EST…
CETTE FOIS, IL VA TROP LOIN !
C'EST ÇA ! C'EST EXACTEMENT ÇA !
J'ADORE LES CORVÉES !
JE NE PLAISANTE JAMAIS AVEC ÇA !
OH, QUE NON !
D'AILLEURS, MÊME SI TU AVAIS VOULU LES FAIRE, JE NE T'AURAIS PAS LAISSÉ. JE LES AURAIS GARDÉES TOUTES POUR MOI.
ROUL
ET PUIS ARRÊTE DE FAIRE TOUT LE TEMPS COMME SI TU ME CONNAISSAIS TRÈS BIEN.
TU NE SAIS RIEN DE MOI. RIEN !
VLAM

JE PEUX TRÈS BIEN ME DÉBROUILLER SANS TOI.
CETTE FOIS, JE VAIS LUI RÉPON-DRE !
SI TU PRÉFÈRES RESTER DORMIR, C'EST TOI QUI VOIS. C'EST TA VIE. JE N'AI PAS BESOIN DE TOI.
JE FERAI TA PART. ÇA NE ME DÉRANGE PAS.
JE TE RECONNAIS BIEN LÀ. QUEL SÉRIEUX !
JE N'AVAIS ENCORE JAMAIS VU PERSONNE SE METTRE DANS DES ÉTATS PAREILS POUR LES CORVÉES.
TU AIMES ÇA, LES CORVÉES.

AH, BON. OK.
ALORS, TU PEUX ME LAISSER DORMIR, MAINTE-NANT.
HEIN ? TU NE VAS PAS EN CLASSE ?!
JE L'AI DÉJÀ DIT : JE NE SUIS PAS DU MATIN.
J'AI BESOIN D'ÉNERGIE POUR ME MOTIVER.
REMARQUE, TU PEUX PEUT-ÊTRE M'AIDER ?
IL RECOM-MENCE À SE MOQUER DE MOI !
GRRRR ...
JE NE DOIS PAS LE LAISSER M'IMPOSER SON JEU.
O...
OK.
FAIS COMME TU VEUX.

BLUSH
PAS...
PAS DU TOUT !
ZIP
JE... J'ÉTAIS JUSTE VENUE TE DIRE QUE NOUS SOMMES DE CORVÉE, CETTE SEMAINE, TOUS LES DEUX.
C'EST TOUT !
DODOM
DODOM
DODOM
DODOM
DODOM

TU T'INQUIÈTES POUR MOI ? COMME C'EST GENTIL !

DODOM
TAC
HA
QU'EST-CE...
... QUE JE SUIS EN TRAIN DE FAIRE ?!

CE...
CE N'EST PAS...
... QUE JE M'INQUIÈTE POUR LUI. LOIN DE LÀ. MAIS...
TIENS ? ON DIRAIT QU'IL N'Y A PERSONNE...

IL...
... NE REVIENT PAS...
ROUL
カラ
INFIRMERIE

IL N'A PAS L'AIR D'ÊTRE LÀ. IL SÈCHE ?
NON. JE L'AI VU TOUT À L'HEURE.
JE CROIS QU'IL ALLAIT À L'INFIRMERIE.
AH OUAIS ? IL EST MALADE ?
CHAIS PAS.
À...
... L'INFIRMERIE ?
POURQUOI ?
IL NE SE SENT PAS BIEN ?
ÇA, CE SERA DANS VOTRE CONTRÔLE, ALORS ÉTUDIEZ-LE BIEN.
QU'EST-CE QU'IL PEUT BIEN AVOIR ?
EST-CE QU'IL AURAIT ATTRAPÉ FROID ?
OUPS !
JE NE VOIS PAS POURQUOI JE M'EN FAIS. DE TOUTE FAÇON, ÇA M'ARRANGE, S'IL EST MALADE.
COMME ÇA, JE SUIS TOUTE SEULE POUR MA SEMAINE DE CORVÉE.
APRÈS HIER, TOUT CE QUI ME PERMET DE L'ÉVITER EST BON À PRENDRE.

BLA
BLA
ザワ
ザワ
TIENS ?
IL N'EST PAS LÀ.
KAA ガタ
SON SAC NON PLUS.
IL NE DOIT PAS ENCORE ÊTRE ARRIVÉ.
ホ HO
QUELQU'UN A VU YUKITO ?

POURQUOI FAUT-IL...
QUE JE ME RETROUVE ENCORE AVEC KAJI ?
1-F
BLA
ザワ
BLA
BLA
ザワ
ザワ
APRÈS CE QUI S'EST PASSÉ HIER...
... COMMENT VOULEZ-VOUS QUE JE TIENNE UNE SEMAINE...
... EN TANDEM AVEC LUI ?
...
ROUL
ガラ

*CAHIER DE LA CLASSE

D'UN AUTRE CÔTÉ...
... QU'EST-CE QUI ME PERMET D'ÊTRE SI CERTAINE...
... QU'IL PLAISANTAIT ?
QU'EST-CE...
... QUE C'EST...
... QUE CETTE DRÔLE DE SENSATION... ?

JE SUIS... PARTIE EN COURANT.
J'AI PANIQUÉ.
JE N'AI...
... PAS SU...
... QUOI RÉPONDRE.
MAIS...?
SUIS-JE BÊTE ?!
PUISQUE C'ÉTAIT PROBABLEMENT UNE AUTRE DE SES MAUVAISES BLAGUES...
OK... N'IMPORTE QUOI... MAIS QUOI, EXACTEMENT ?!
... IL M'AURAIT SUFFIT DE RÉPONDRE N'IMPORTE QUOI !
...

...
"SORTONS ENSEMBLE POUR DE VRAI."

CE N'EST POUR-TANT QU'UN BANAL SUCRE RIE...

LA DEUXIÈME SUCETTE QUE M'A DONNÉE L'AUTRE KAJI...
... JE N'AI PAS PU Y TOUCHER. ELLE TRÔNE, FIÈREMENT, AU MILIEU DE MON BUREAU.
JE NE SAIS PAS POURQUOI, MAIS CHAQUE FOIS QUE JE LA REGARDE...
... MON CŒUR SE MET À BATTRE LA CHAMADE. COMMENT ÇA SE FAIT ?

KAJI(S)
3RD LESSON

... SORTONS ENSEMBLE POUR DE VRAI.

DANS CE CAS...

MAIS...
... TU N'AVAIS PAS LE DROIT DE DIRE QUE JE SUIS TA PETITE AMIE. SURTOUT POUR PLAISANTER.

C'EST TON PARFUM PRÉFÉRÉ, NON ?
LAIT-FRAISE.
ALORS ?
SI TU VEUX SAVOIR COMMENT JE LE SAIS : JE SUIS DEVIN.
ALLONS BON...
TU AS RAISON.
C'EST MON PARFUM PRÉFÉ-RÉ.

TU N'ES VRAIMENT PAS BANALE, CUI-CUI.
TIENS.
CADEAU.

はははははっ
HA HA HA HA HA !
IL...
IL N'Y A PAS DE QUOI RIRE ! J'AI VRAIMENT EU TRÈS PEUR !
ALLEZ, ÇA VA...
... JE M'EX-CUSE.
ENFIN, JE T'ENTENDS PARLER POUR DE VRAI.
D'HABITUDE, TOUT CE QUE J'ARRIVE À TE FAIRE DIRE, CE SONT DES "AAAAH", DES "EUUUH" ET DES "HEIN ?".
AAAH...
EUUUH...
HEIN ?

J'AI...
J'AI EU...
... LA PEUR...
... DE MA VIE.
PFFFFRT

OUPS... J'EN AI PEUT-ÊTRE FAIT UN PEU TROP...
ÇA VA...
... CUI-CUI ?
TSUN
OUOOOH !

ZIP
HIII !
TU ES...
... LA MEUF DE YUKITO ?!
FIXE
FIXE
HOOON ...
HAAA ...
HMMM ...
HOOO...
T'AS CHANGÉ DE GOÛTS, YUKITO...
ELLE EST... NORMALE.
SURPRENANT, VENANT DE TOI.
ÇA VA, ON SE PASSERA DE VOS COMMENTAIRES, LES GARS. PARTEZ DEVANT, JE VOUS REJOINS.
GROUILLE-TOI. ON T'ATTEND.
LEIJI ET LES AUTRES NE VONT PAS TARDER À ARRIVER.
OK.

QU'EST-CE QUE TU LUI VEUX À CETTE GONZESSE, YUKITO ?
OUAIS. C'EST QUI ?
MA MEUF.
?!
QUE...?!
ALORS SOYEZ SYMPA AVEC ELLE !
OK ?

CHEVEUX DÉCOLORÉS.
SOURCILS RASÉS.
BARBE EN BATAILLE.
DES VOYOUUUS !!

QUE DIRAIS-TU...
... D'UN PEU DE COMPAGNIE ?

COMME …
… DANS…
… TOUS…
… LES…
… PAYS… ♡
AU PAYS…
… DES CROT-TES DE NEZ…
YAAAAAAH !
YAAAAAAH !
OUVRE CETTE PORTE !
BOM
GLAAAAAA
…

QUI TU TRAITES...
... DE CROTTE DE NEZ ?!
HEIN ?

TANT QUE J'Y SUIS... KAJI ! IDIOT, TOI AUSSI !
TOUJOURS À TE MOQUER DE MOI ! TU ME STRESSES !
TU ME STRESSES !
ET À RIDICULISER LES JEUX DE DRAGUE... POUR QUI TU TE PRENDS ?!
POUR QUI TU TE PRENDS ?!
OUOOOOOOH
TU FERAIS MIEUX DE PRENDRE EXEMPLE SUR HIKARU !
HIKARU ! HIKARU !
おお
BLAM
DÉSOLÉE DE NE PAS ÊTRE MIGNONNE, ESPÈCE DE CRÉTIN !
ESPÈCE DE CRÉTIN !
PAUVRE CROTTE DE NEZ !
CROTTE DE NEZ !
C'EST LUI.
"BLAM" ?!

バターン
VLAM
ELLE EXAGÈRE...
C'EST POURTANT ELLE...
... QUI M'A INVITÉE À VENIR AU KARAOKÉ !
JE N'ARRIVE PAS À LE CROIRE.
...
...
ÇA...
ÇA NE SE FAIT PAS !
AKEMI, IDIOTE !
IDIOTE !
IDIOTE !
IDIOTE !
ÉCHO

GAR-DER... LE SOU-RIRE...
DIS DONC !
TIC
カチ TIC
カチ
カチ TIC
カチ TIC
TU POURRAIS M'ÉCOU-TER...
... QUAND JE CHAN-TE !
DÉSOLÉE ! GARDE LE MICRO TANT QUE TU VOUDRAS.
NE T'OCCUPE PAS DE MOI.
CE N'EST PAS ÇA..
POUR UNE FOIS QUE...
AH ! ATTENDS !
UN APPEL D'UNE AMIE.
JE VAIS DEHORS SI ÇA NE TE DÉRANGE PAS. ICI, ON N'ENTEND RIEN.

C'EST... LA PHRASE FAVORITE DU PERSONNAGE, DANS LE JEU !
TU AS RAISON : JE DOIS GARDER LE SOURIRE !
MERCI ...
... HIKARU !
JE ME DEMANDE VRAIMENT QUI PEUT BIEN ÊTRE DERRIÈRE TOUT ÇA !
...
カラオケ SHINAX

KOTORI
QUI ES-TU ?
DODOM
KAJI ! JE TE TROUVE ENFIN !
QU'EST-CE QUE TU FABRIQUES ?
AKEMI !
ÇA TE DIRAIT UN KARAOKÉ APRÈS LES COURS ?
CE SERA L'OCCASION DE DISCUTER. ON NE S'EST PAS BEAUCOUP VUES DEPUIS LA RENTRÉE.
ALORS ?
EUH... OUI ! BIEN SÛR !
AVEC PLAISIR !
HIKARU ICHIJOJI
TU ES BEAUCOUP PLUS JOLIE QUAND TU SOURIS, KOTORI. ALORS HAUT LES CŒURS ! SIGNÉ HIKARU.
PA
AKEMI...

KEN !
KEN SAKURABA !
LE REBELLE FILS DE RICHE DEVENU VOYOU, MAIS QUI EN FAIT A UN GRAND CŒUR ET EST NAÏF ET CANDIDE AVEC LES FILLES !
ÇA LUI RESSEMBLE BEAUCOUP !
AAH !
ET VOILÀ MONSIEUR KATSURAGI, LE PROF !
ET ÇA, C'EST QUI ?
IL EST HYPER COOL, C'EST UN DES PLUS DIFFICILES À AVOIR.
JE N'AI TOUJOURS PAS RÉUSSI À LE FAIRE TOMBER, D'AILLEURS.
OUPS...
JE SUIS EN TRAIN DE MONTRER QUE JE SUIS UNE VRAIE OTAKU...
N'EMPÊCHE...
... QUI QUE SOIT L'AUTEUR DE CES DESSINS...
... IL OU ELLE EST VRAIMENT DOUÉ !
YU, LE PETIT JEUNE ATTACHANT ET SOCIABLE.
OÙ ES-TU, DANS CETTE FOULE... ?
QUI ES-TU... ?
Ô, FAN DE DOKI-MEMO ! (= POTENTIEL AMI)

QUI...
QUI ÇA PEUT BIEN ÊTRE ?
IL NE PEUT PAS ÊTRE LOIN !
CE CHAT NE FONCTIONNE QUE DANS UN PÉRIMÈTRE DE DIX MÈTRES.
OH ! UN MESSAGE !
PA
HIKARU ICHIJOJI
Un petit quiz doki-memo, ça te dit ?
UN...
UN QUIZ SUR DOKI-DOKI MEMORIES ?
PA
HIKARU ICHIJOJI
QUI EST-CE ?
C'EST ANTHONY !
L'ÉTUDIANT ANGLAIS FÉMINISTE !
PA
ET ÇA ?

VOILÀ QUE JE LANCE UNE SESSION DE CHAT POUR MOI TOUTE SEULE... ÇA DEVIENT GRAVE...
OU COMMENT INSISTER LOURDEMENT SUR MA SOLITUDE.
MAIS BON, TOUTE SEULE, JE PEUX M'AMUSER EN DESSINANT !
PARTICIPANT A : KOTORI
PARTICIPANT A : HIKARU ICHIJOJI
GLING
QUE...?!
QUELQU'UN... A PRIS PART À LA SESSION !
JE RÊVE OU QUOI ?
ET... ET EN PLUS...
PARTICIPANT A : HIKARU ICHIJOJI
"HIKARU ICHIJOJI"...
C'EST LE NOM DU PERSONNAGE DANS LE JEU !!
C'EST DU DÉLIRE !

QU'EST-CE QUI LUI A PRIS DE DIRE TOUTES CES CHOSES SUR MOI ?
EST-CE QUE J'AI FAIT QUELQUE CHOSE DE MAL ?
QU'EST-CE QUE JE DOIS FAIRE POUR EN AVOIR, DES AMIS ?
QU'EST-CE QUE JE DOIS FAIRE POUR POUVOIR PARLER ET ÊTRE BIEN AVEC TOUT LE MONDE, COMME L'AUTRE KAJI... ?
HA
POU ...
... POURQUOI EST-CE QUE JE PENSE À LUI, COMME ÇA ?!
MOI, JE NE SUIS BONNE QU'À JOUER AUX JEUX DE DRAGUE.
MÊME À L'ÉCOLE...
MAIS À QUI EST-CE QUE JE PARLE, AU JUSTE ?!
DES AMIS... J'AIMERAIS TELLEMENT EN AVOIR !
BIP
DANS QUEL SALON SOUHAITEZ-VOUS DISCUTER ?
SALON A
SALON B
SALON C
PICTOCHAT
...
GLING
PICTOCHAT
PARTICIPANT → A : KOTORI

HIKARU
ALORS… AMIS ?
OUI ! BIEN SÛR !
JE SUIS NAVRÉE…
EN RÉALITÉ… JE T'AIME !
…
"AMIS"…
DIRE QUE…
… ÇA M'AVAIT FAIT TELLEMENT PLAISIR QUAND ELLE EST VENUE ME PARLER.
J'AI CRU QUE NOUS POURRIONS L'ÊTRE, "AMIES".
APPAREM-MENT, JE M'ÉTAIS TROMPÉE.

HEIN ?
QU'EST-CE QUE C'EST QUE CES BÊTISES ?
ALLEZ ! DONNE-LE-MOI !
IL A...
... DÉTOURNÉ LEUR ATTENTION... ?
HIKARU ALORS... AMIS ?

AH, C'EST TOI.
HIER SOIR, APRÈS TON DÉPART, ON EST ALLÉS DANS UNE SALLE DE JEUX. ON EST TOMBÉS SUR ABE ET LES AUTRES, ON S'EST CARRÉMENT ÉCLATÉS !
OUI !
C'EST DOMMAGE QUE TU AIES RATÉ ÇA ! TU AURAIS DÛ RESTER.
KRAAAT
À CE PROPOS, LE DONUT QUE TU AS EMPORTÉ, TU L'AS MANGÉ ?
DODOM
TU AS LOUPÉ LA SÉANCE PHOTOS, AUSSI. C'EST VRAIMENT DOMMAGE, ON EN A PRIS DES GÉNIALES !
SI TU VEUX, JE TE LES ENVOIE SUR TON PORTABLE ! C'EST QUOI TON NUMÉRO ?
C'EST UN SECRET.
JE NE LE DONNE À PERSONNE... SAUF À L'ÉLUE DE MON CŒUR.

OUPS.
MON PIED A GLISSÉ.

ガタッ
KLANG

QU'EST-CE QUI...
... LUI PREND ...
... DE RACONTER ÇA COMME ÇA, À TOUT LE MONDE ...?!
LAIS-SEZ...
... MOI...
... TRAN-QUILLE !
ABE, TU N'AS PAS DES INFOS SUR LES GARÇONS DE SHOEI ?
TU ES LE PRO DES RENCONTRES, NON ? ALORS AIDE UN PEU CETTE PAUVRE KAJI !
SHOEI ?
J'AI QUELQUES CONTACTS LÀ-BAS, OUI.
HÉ !
VOUS PARLEZ DE QUOI ?
VOUS ALLEZ ORGANI-SER UNE SOIRÉE GOKON ?
OUI. POUR KAJI. ELLE EST AMOU-REUSE D'UN GARÇON DE SHOEI.
AH OUI ?
ÉTONNANT DE SA PART ! JE NE PENSAIS PAS QU'ELLE ÉTAIT DU GENRE À PAR-TICIPER À CE GENRE DE SOIRÉES !

?!
SHOEI ? LE LYCÉE DE GARÇONS ?
HÉ ...!
CELUI-LÀ MÊME. JE LES AI VUS DANS LE TRAIN, CE MATIN. IL L'A EMPÊCHÉE DE TOMBER APRÈS UNE SECOUSSE UN PEU VIOLENTE...
... ET ELLE EST DEVENUE TOUTE ROUGE ! VOUS AURIEZ DÛ VOIR ÇA. A-DORABLE !
... HO ! UNE SECONDE !
QU'EST-CE QUE...
HON HOOON...

HA... HARADA ?!
HÉ HÉ ! QUEL HASARD ! ON ÉTAIT DANS LE MÊME TRAIN.
HI HI
CE GARÇON, IL PORTAIT L'UNIFORME DE SHOEI. C'EST TON PETIT COPAIN ?
PAS... PAS DU TOUT, VOYONS !
UN GARÇON COMME LUI ? AVEC MOI ?!
AH, BON.
DOMMAGE.
EN TOUT CAS, IL N'A PAS L'AIR DE TE LAISSER INDIFFÉRENTE.
EUH, SI ON PEUT DIRE.
HEIN ?
HU HU
HÉ ! J'AI UN SCOOP ! KAJI EST AMOUREUSE D'UN GARÇON DE SHOEI !

ZIP
NOUS ARRIVONS EN GARE DE SHINJUKU.
ATTENTION À L'OUVERTURE DES PORTES.
JE DOIS DESCENDRE.
À PLUS !
OUAAAAH ...!
EH, BIEN ! ON NE SE REFUSE RIEN, DIS DONC !
DODOM

DODOM-!
OUAAAAAH !
DODOM
QUE... QUE FAIRE ?
MON CŒUR N'A JAMAIS BATTU AUSSI VITE !
IL FAUT... IL FAUT QUE JE DISE QUELQUE CHOSE !
AH ! JE... JE SAIS ! JE VAIS...
... LE REMERCIER !
TA CRAVATE EST DE TRAVERS.
HEIN ?

TOUT VA BIEN ?
HEIN ?!
EUH...
HIKARU !!
JE VEUX DIRE, SON CLONE...
PA... PARDON !
IL N'Y A PAS DE MAL.
APPUIE-TOI SUR MOI. ÇA T'ÉVITERA D'ÊTRE TROP SECOUÉE. AVEC TOUT CE MONDE...

MAIS... ?! C'EST...
... LE GARÇON QUI RES-SEMBLE À HIKARU !!
C'EST LA DEUXIÈME FOIS QUE JE LE CROISE DANS CE TRAIN !
LE TRAIN S'APPRÊTE À PARTIR...
... ATTENTION À LA FERMETURE DES PORTES.
TOKOTOM
OUAAH !

POUR-QUOI ...
... EST-CE QUE...
... JE L'AI REGARDÉ ?
...
TU AURAIS VRAIMENT BESOIN D'UN PETIT AMI, TOI. JE VEUX DIRE, UN EN CHAIR ET EN OS !
J'AI BEAU RÉFLÉCHIR, JE NE TROUVE PAS !
NON, MAIS DE QUOI JE ME MÊLE ?!
DE TOUTE FAÇON, LE SEUL QUE J'AIME, C'EST HIKARU !
HIKARU
SON JEU FAVORI
NINTENDO DS.
* DOKI-DOKI MEMORIES

TOU-JOURS ...
... À SE MOQUER DE MOI ...
IL VA ME LE PAYER !
GLOU
GLOU
GLOU
ET ENCORE UNE FOIS, JLE NL'AI RLIEN TRLOUVBLÉ À LUI RLÉPLONDRLE...
GLOUB GLOUB GLOUB
IL FAUDRAIT SAVOIR : EST-CE QU'IL ME COMPARE À UNE PERRUCHE OU À UN MASQUE OKAME ?!
UNE PERRUCHE, C'EST MIGNON. MAIS UN OKAME... C'EST MOCHE !
NAGE SYNCHRONISÉE !
SPLASH
UNE PERRUCHE QUI RESSEMBLE À UN OKAME...
... ÇA NE RIME À RIEN !
GASP !
HUU
C'EST VRAI QU'IL ÉTAIT DÉLICIEUX, CE DONUT.
POURQUOI...

*MASQUE OKAME = MASQUE AVEC DE GROSSES JOUES ROUGES, UTILISÉ DANS LE THÉÂTRE KYOGEN (THÉÂTRE COMIQUE TRADITIONNEL JAPONAIS).

"POUR-
QUOI... ?"
DODOM
ALORS...
CUI-CUI ?

"POUR-QUOI ?"

KAJI(S)
2ND LESSON

... POUR-
QUOI TU
ME REGAR-
DAIS, CE
MIDI ?
... DANS L'INCONNU.

DODOM
PARTAGÉE ENTRE L'ESPOIR ET L'APPRÉHEN-SION...
DIS...
... J'AI LE SENTIMENT DE PÉNÉTRER DE PLAIN-PIED...

KA...
AH...
KAJI ?!
FLAP
ズルッ
... POUR-QUOI...?!
EUH...
MAIS...
ATTENTION !

TIENS. CADEAU.

ROUL
QU'EST-CE QUI ME PREND...
... DE PENSER À LUI COMME ÇA ?!

QUAND J'Y REPENSE...
... LA RAISON POUR LAQUELLE DES FILLES DE LA CLASSE SONT VENUES ME PARLER...
... ET DONC, LA RAISON POUR LAQUELLE ELLES M'ONT INVITÉE À LES RE-JOINDRE...
... C'ÉTAIT LUI. LA PREMIÈRE PERSONNE À M'AVOIR PARLÉ...
... ET À M'AVOIR APPELÉE PAR MON NOM...
... AUSSI.
JE ME DEMANDE DE QUOI IL PARLE, EN CE MOMENT ...

J'AURAIS PEUT-ÊTRE MIEUX FAIT...
... D'Y ALLER, À CE RES-TAURANT DE DONUTS, FINALE-MENT...

HÉ ! MAIS C'EST AKEMI !
ROUL
ガラッ
AKE...
ET APRÈS ...
AH OUI ? SANS BLAGUE ?

POF
NON MAIS POUR QUI IL SE PREND ?!
PLAF
JE SUIS SÛRE QU'IL LE FAIT EXPRÈS.
IL SE MOQUE DE MOI.
"CUI-CUI"... ET PUIS QUOI, ENCORE ?!
GRRR !
ET EN PLUS, IL ME LAISSE TOUTE SEULE AVEC... ÇA !!
QUEL CAPHARNAÜM !
DU CALME. JE VAIS Y ARRIVER. AVEC OU SANS LUI.
NE PANIQUONS PAS.

ÇA NOUS PERMETTRA D'APPRENDRE À MIEUX NOUS CONNAÎTRE. ON A INVITÉ DES GARÇONS, AUSSI. ÇA NE TE DIT PAS DE VENIR ?
KAJI...
... CUI-CUI !
IL... IL Y VA ?!
ALLEZ ! TU T'EN FICHES, DE TA COLLE ! DE TOUTE FAÇON, MÊME SI LE PROF SE REND COMPTE QUE TU NE L'AS PAS FAITE, JE SUIS SÛRE QUE ÇA IRA. IL N'A PAS L'AIR TRÈS SÉVÈRE !
NON... VRAIMENT... DE TOUTE FAÇON, J'AI DÉJÀ QUELQUE CHOSE DE PRÉVU POUR L'APRÈS-MIDI.
EUH...
... JE PRÉFÈRE RESTER ...
ALORS CE SERA SANS MOI !
AH BON ? C'EST DOMMAGE !
TANT PIS.
CIAO...

POUR LA PEINE, VOUS ÊTES COLLÉS. VOUS IREZ FAIRE LE MÉNAGE EN SALLE DES PRO-FESSEURS, TOUT À L'HEURE.
ÇA VOUS APPRENDRA.
HEIN ?! C'EST UNE BLAGUE ?!
QUOI ?!
A... AVEC LUI ?!
KAJIII !
TU VAS FAIRE LE MÉNAGE ?
EUH... OUI.
OH. AH BON.
AVEC D'AUTRES FILLES DE LA CLASSE, ON A DÉCIDÉ D'ALLER AU RESTAURANT DE DONUTS QUI A OUVERT À ZAZAN TERRACE.

ザワ
BROUHAHA
DITES DONC...
LES DEUX KAJI, LÀ-BAS !
QU'EST-CE QUI SE PASSE ? IL Y A UN PROBLÈME ?
CE N'EST PAS LA PRE-MIÈRE FOIS QUE VOUS PERTURBEZ LE COURS !
TU N'ES PAS DRÔLE.

SI TU VEUX. MAIS...
... COMMENT JE DOIS T'APPELER, DANS CE CAS ? "KAJI" ?
VU QUE JE M'APPELLE PAREIL, ÇA VA PRÊTER À CONFUSION.
OU ALORS ON SE DONNE DES NUMÉROS ?
GENRE "KAJI NUMÉRO UN", "KAJI NUMÉRO DEUX".
ATTENDS !
J'AI UNE MEILLEURE IDÉE !
VU QUE "KOTORI", ÇA VEUT DIRE "PETIT OISEAU"...
... JE VAIS T'APPELER "CUI-CUI" !
HA HA !
J'EN AI ASSEZ !
"KOTORI" ? C'EST QUOI, CE NOM ?
"DRÔLE DE NOM !"
J'EN AI MARRE...
... DE LUI !
LAISSE-MOI TRANQUILLE !

QUE... ?
ON DIRAIT QUE J'AI MIS DANS LE MILLE.
IL... IL A ENTENDU LA CONVERSATION DE TOUT À L'HEURE ?
IL EST BIEN, POURTANT, CE NOM.
JE...
JE LE DÉTESTE, C'EST TOUT. J'AI LE DROIT, NON ?
"KOTORI", C'EST MIGNON.
QU'EST-CE QUE TU LUI REPROCHES ?
ENCORE...
... EN TRAIN DE SE MOQUER DE MOI !
ALORS ARRÊTE DE M'APPELER COMME ÇA.

POURQUOI FAUT-IL TOUJOURS QU'ON ME PARLE DE MON NOM ?!
ALORS QUE C'EST LA DERNIÈRE CHOSE SUR LAQUELLE J'AI ENVIE D'ATTIRER L'ATTENTION !
ずーん
ZUUUN
VOILÀ QUE JE M'ENFONCE TOUTE SEULE...
C'EST MALIN...
CE NOM... JE LE...
TU AS UN PROBLÈME AVEC TON NOM, KOTORI ? TU NE L'AIMES PAS, C'EST ÇA ?

AU FAIT ...
... EN PARLANT DE NOM..
ドキッ
DODOM
TON PRÉ-NOM...
... "KOTORI"...
... C'EST UN DRÔLE DE NOM !
"KOTORI" ? CE N'EST PAS UN NOM, ÇA !
...
...
OUI ...
... C'EST CURIEUX, N'EST-CE PAS ?

OUI... C'EST FORCÉMENT ÇA !
TIENS ? C'EST KOTORI KAJI !
C'EST QUOI, L'ÉTAPE SUIVANTE ? LE RACKET ?
HEIN ?
QU'EST-CE QUE TU FABRIQUES ?
CE SONT DES FILLES DE MA CLASSE...
C'EST QUOI, TES LIENS AVEC YUKITO KAJI, AU JUSTE ?
HEIN ? EUH...
ELLES ME PARLENT ! C'EST LA PREMIÈRE FOIS !
AUCUN. JE NE LE CONNAIS PAS.
AH BON.
VU QUE VOUS DISCUTIEZ, ON A CRU QUE VOUS VOUS CONNAISSIEZ.
JE M'APPELLE HARADA. ♡
MOI, C'EST MOTOKI.
J'AVAIS ENTENDU PARLER DE LUI, ON M'AVAIT DIT QUE C'ÉTAIT UN VOYOU... EN FAIT, IL N'A PAS L'AIR DANGEREUX DU TOUT ! J'AI ÉTÉ SURPRISE !
MOI AUSSI !
AU CONTRAIRE, IL EST PLUTÔT SYMPA... ET MIGNON !
OUI !
TU AS DE LA CHANCE D'ÊTRE ASSISE JUSTE DEVANT LUI ! EN PLUS, VOUS AVEZ LE MÊME NOM !
EUH... HEIN ?!
ELLES SONT FOLLES OU QUOI ?!
IL... IL N'Y A PAS DE QUOI SE RÉJOUIR !
REGARDEZ, LÀ-BAS !
C'EST LUI !
DODOM

DEPUIS QUE JE SUIS ICI, JE VAIS D'HUMILIATION EN HUMILIATION.
C'EST À CAUSE DE CE GARÇON... IL N'ARRÊTE PAS DE SE MOQUER DE MOI !
J'AIMERAIS BIEN LUI RÉPONDRE, MAIS... QUE LUI DIRE ? D'AUTANT PLUS QUE C'EST UN ANCIEN VOYOU...
JE NE SAIS PAS QUOI RÉPONDRE !
TU ES BÊTE !
QUAND CE SONT LES AUTRES, ÇA A L'AIR FACILE, POURTANT... COMMENT ELLES FONT ?
TOUT EST TELLEMENT PLUS SIMPLE DANS LES JEUX... DEUX CHOIX, UN BOUTON, ET HOP !
うわーん
OUIIIIIIN
MAIS D'ABORD... POURQUOI EST-CE QU'IL S'EN PREND UNIQUEMENT À MOI ? LES AUTRES, IL LES LAISSE TRANQUILLES !
C'EST PARCE QU'IL M'A VUE JOUER À UN JEU DE DRAGUE ? JE SUIS UNE CIBLE FACILE ? C'EST ÇA ?

ALLEZ !
EU...
BLUSH
EUH...
EUH...
BAH QU'EST-CE QU'IL Y A ? IL NE FAUT PAS AVOIR L'AIR GÊNÉE COMME ÇA !
HEIN ?
QU'EST-CE QU'ELLE A, CETTE FILLE ?
LA HONTE !
ELLE EST TOUTE ROUGE !
HI HI
DOO

OUVREZ VOS MANUELS À LA PAGE 67.
VOYONS VOIR... QUI VA NOUS LIRE ÇA...
KAJI !
QUI EST CELUI OU CELLE QUI S'APPELLE KAJI ?
MOI.
AH, VOUS ÊTES DEUX.
BON. ALORS LE GARÇON. C'EST TOI QUI VAS LIRE.
GLOUPS
L'AFFICHE.
DIS...
... C'EST INCROYABLE, COMME ON ÉTAIT SYNCHRONISÉS EN RÉPONDANT ! ON DEVRAIT LIRE ENSEMBLE.
KAJI... SI TU N'AS PAS AMENÉ TON LIVRE, IL FAUT LE DIRE.
?

C'EST RARE QUE TU CHERCHES À TE RENSEIGNER SUR UN GARÇON ! IL TE PLAÎT ?
DIS PLUTÔT : POURQUOI TU ME DEMANDES ÇA ?
NON... C'EST JUSTE QUE... JE CRAINS POUR MA RÉPUTATION.
SI JAMAIS IL RACONTE À TOUT LE MONDE QUE JE JOUE À DES JEUX DE DRAGUE, CE SERA LA CATASTROPHE...
HON-HOON ?
AKEMI, À DEMAIN !
AH ! SALUT !
OUAH...
RAPIDE !
ELLE S'EST DÉJÀ FAIT DE NOUVELLES AMIES ?!

QUOI ?
UN ANCIEN VOYOU ?
OUI. TU PARLES BIEN DE YUKITO KAJI ? JE NE SAIS PAS GRAND-CHOSE, MAIS...
... J'AI ENTENDU DES GENS EN DISCUTER DANS MA CLASSE.
IL PARAÎT QU'IL ÉTAIT PLUTÔT CÉLÈBRE DANS SON QUARTIER, AU COLLÈGE.
IL N'ARRÊTAIT PAS DE PROVOQUER LES GARÇONS DES AUTRES ÉCOLES.
ILS ONT MÊME DÛ LE TRANSFÉRER PLUSIEURS FOIS DE FORCE.
ENFIN...
JE NE SAIS PAS SI TOUT EST VRAI, MAIS...
CE...
C'ÉTAIT DONC ÇA ! C'EST POUR ÇA QUE TOUT LE MONDE S'EST RETOURNÉ EN ENTENDANT MON NOM.
BIZARRE... À LE REGARDER, IL N'A POURTANT PAS L'AIR D'UN VOYOU.
LOGIQUE, EN MÊME TEMPS, PUISQUE C'EST UN ANCIEN VOYOU.
EN TOUT CAS, HEUREUSEMENT QUE JE ME SUIS ABSTENUE DE ME PLAINDRE DE SES REMARQUES DÉSOBLIGEANTES !
SI ÇA SE TROUVE, UN MOT DE TROP ET IL ME VOLAIT MA DS !

JE LE DÉTESTE !

PAS VRAI, KOTORI ?
ARRRRRRGH !?
IL SE SOUVIENT !

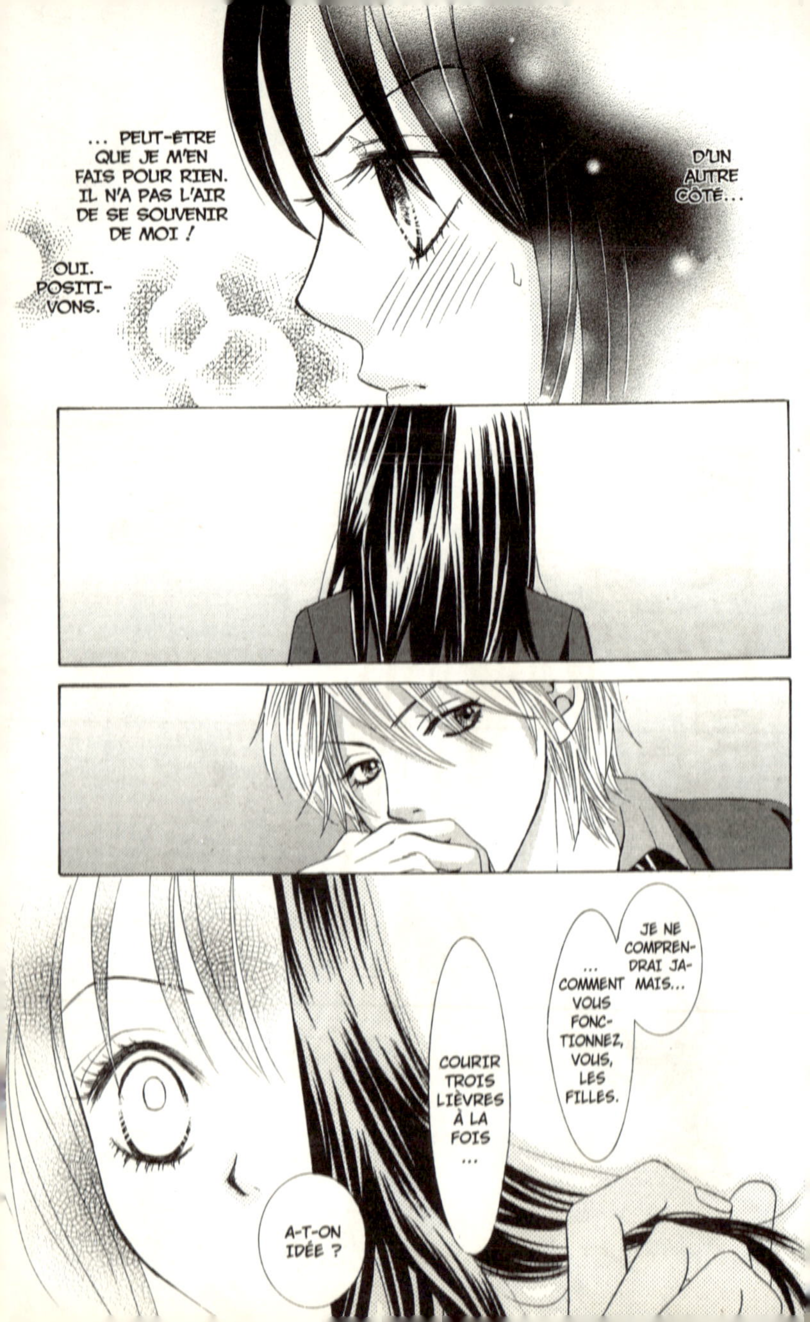
D'UN AUTRE CÔTÉ...
... PEUT-ÊTRE QUE JE M'EN FAIS POUR RIEN. IL N'A PAS L'AIR DE SE SOUVENIR DE MOI !
OUI. POSITIVONS.
JE NE COMPRENDRAI JAMAIS...
... COMMENT VOUS FONCTIONNEZ, VOUS, LES FILLES.
COURIR TROIS LIÈVRES À LA FOIS...
A-T-ON IDÉE ?

EH, BIEN...
SI TU N'ES PAS DU MATIN, TU N'AS QU'À ARRÊTER DE DORMIR LA NUIT. COMME ÇA, TU SERAS SÛR D'ARRIVER À L'HEURE EN CLASSE !
ET QUAND EST-CE QUE JE DORMIRAIS, ALORS, M'SIEUR ? PENDANT LES COURS ? REMARQUEZ, JE LE FAIS DÉJÀ...
COMMENT EST-CE POSSIBLE ?
クス HI クス HI クス HI HI クス
IL EST DANS MA CLASSE ?!!
L'AUTRE KAJI...
... OUI, TOI. TU PEUX TE RASSEOIR.
HEIN ?
EUH... OUI, MONSIEUR.
ガタ TAAAAA
JE N'AI MÊME PAS PU FAIRE DE BLAGUE...
EN PLUS, ME VOILÀ DEVENUE "L'AUTRE KAJI"...
...
キラ ZIP
QUE FAIRE... C'EST UNE CATASTROPHE...
POURQUOI FAUT-IL QUE LE GARÇON QUI M'A VUE ME FAIRE PLAQUER (VIRTUELLEMENT) SOIT DANS MA CLASSE ?!

YUKITO KAJI !
DODOM
?
DÉSO-LÉ...
... M'SIEUR.
JE NE SUIS PAS...
... DU MATIN.
'FAUT ME PARDONNER.

CELUI DE LA SUCET-TE...
JE RÊVE OU QUOI ?
FLAF
PLOF
QU'EST-CE QUE C'EST QUE CES MANIÈRES, JEUNE HOMME ?
ON ARRIVE EN RETARD LE PREMIER JOUR DE CLASSE ?
C'EST À TOI QUE JE PARLE...
... KAJI !
QUOI ?!
"KAJI" ?!
KAJI !

LE GARÇON DE L'AUTRE JOUR !

CHUCHOTE
ヒソ
KAJI ?
QU'EST-CE QU'IL Y A ?
CHUCHOTE
ヒソ
T'AS ENTENDU ? LE PROF A DIT "KAJI" !
OUAIS...
ALORS C'EST CETTE FILLE, "KAJI"...
POURQUOI TOUT LE MONDE ME REGARDE COMME ÇA ?
CHUCHOTE
ヒソ
JE NE SAVAIS PAS QUE C'ÉTAIT UNE FILLE !
LES BOULES... ON L'A DANS LA CLASSE...
MOI NON PLUS !
MAIS NON, CE N'EST PAS ELLE. C'EST UN GARÇON, LE VRAI "KAJI" !
BROUHAHA
ザワッ
OUAIS. IL ME SEMBLAIT BIEN.
EUH... C'EST QUI, AU JUSTE, CE OU CETTE "KAJI" ?
VOUS PARLEZ BIEN DU KAJI DU COLLÈGE NANA-CHU ?
POURQUOI TOUT LE MONDE ME REGARDE ?!
UN PEU DE SILENCE, S'IL VOUS PLAÎT.
SLAM

BAA
QUE... ?!

*SORTE DE "BLIND DATE", MAIS EN GROUPE. TRÈS POPULAIRE AU JAPON.
**AU JAPON, L'ORDRE D'APPEL SUIT LE SYLLABAIRE : "A, I, U, E, O", "KA, KI, KU, KE, KO" ETC. DONC LES GENS DONT LE NOM DE FAMILLE COMMENCE PAR "KA" SONT AU TOUT DÉBUT.

CLASSE F
KATO NORIHISA
KAJI KOTORI
KAJI YUKITO
KIKAWA AKIO
KITO AÏ
CLASSE A
ARIMOTO YU
INOUE MAKOTO
UNO AKEMI
OYAMA KAZUHARA
OGAMI YOKO
CHOC
ON N'EST PAS ENSEMBLE...
DOMMAGE. TANT PIS.
À PLUS TARD !
REGARDE ÇA ! TU AS VU ?
"KOTORI" !
OUI.
QUEL DRÔLE DE NOM.

... PLAIN-PIED
DANS L'INCONNU !

... ET L'APPRÉHEN-SION...
DODOM
DODOM
DODOM
... J'AI LE SENTIMENT D'ENTRER DE...
BAM
J'AI... J'AI CROI-SÉ SON REGARD.
MIGNON !
ON DIRAIT HIKARU.

LA VIE DE LYCÉENNE...
... DEPUIS LE TEMPS QUE J'EN RÊVE !
BOM
POUSSE
LES UNIFORMES... LE TRAIN POUR ALLER EN COURS, LE MATIN...
TOUT VA ÊTRE SI NOUVEAU, POUR MOI.
SUU
NOUS ARRIVONS EN GARE DE...
DIRECTION SHINJUKU, IKEBUKURO
VEUILLEZ FAIRE ATTENTION EN DESCENDANT DE CE TRAIN.
7:20 新 宿 1
7:24 新 宿 1
PARTAGÉE ENTRE L'ESPOIR...

JE N'ARRIVE PAS...
... À ME RAPPELER QUAND J'AI EU UNE VRAIE CONVERSATION POUR LA DERNIÈRE FOIS AVEC UN GARÇON QUI NE SOIT PAS DE MA FAMILLE...
TSAAA
EUH...
... ON DEVAIT ALLER ACHETER DES CAHIERS, NON ?
TU CHANGES DE SUJET.
KA... KAJI !
JE SUIS TRÈS CONTENTE QU'ON AIT CHOISI LE MÊME LYCÉE, TOI ET MOI !
MOI AUSSI, AKEMI.
J'ESPÈRE QU'ON SERA DANS LA MÊME CLASSE.
OUAIS
OH ...
LA SUCETTE. JE L'AVAIS OUBLIÉE.
...
UN PETIT AMI... J'AIMERAIS BIEN EN AVOIR UN...
J'AI LE TRAC.

C'EST LA PREMIÈRE FOIS...
... QUE JE TE VOIS DISCUTER AVEC UN GARÇON, KAJI.
TU TE DÉCIDES ENFIN À T'INTÉRESSER AU SEXE OPPOSÉ ? JE VEUX DIRE, EN PLUS DE DEUX DIMENSIONS.
COMMENT ÇA, "ENFIN" ?!
ET PUIS D'ABORD, CE N'ÉTAIT PAS CE QUE TU CROIS.
ENCORE UN DE TES JEUX DE DRAGUE ...?
AVEC LA RENTRÉE QUI APPROCHE, TU N'AS PAS AUTRE CHOSE À PENSER ?
C'EST DE LA MISE EN CONDITION.
J'AI... J'AI BESOIN D'ENTRAÎNEMENT... AU CAS OÙ...
HOOON HOOON...
ALLEZ, NE FAIS PAS CETTE TÊTE ! TU VAS Y ARRIVER, CETTE ANNÉE, À TE TROUVER UN COPAIN EN CHAIR ET EN OS !
HAUT LES CŒURS !
TSUUN

NON MAIS...
... QU'EST-CE QUE C'EST QUE CE GARÇON ?!

OÙ TU ÉTAIS PASSÉ ?
DÉSOLÉ.
...
LAIT-FRAISE... MON PARFUM PRÉFÉ...
CE N'EST PAS LE MOMENT DE PENSER À ÇA !!
COUP D'ŒIL
HI HI
PFFFFRT
OUAH HA HA HA HA HA
CADEAU QUI VEUT DIRE : "TIENS, J'AI PITIÉ DE TOI".

IL... IL M'A VUE ?!!
TIENS, CADEAU.
EU... EUH...
AAAAAAAAARGH
...
HÉ HÉ.
BON COURAGE.

クス HÉ
TU L'AS BIEN CHERCHÉ, QUAND MÊME.
クス HÉ
クス HÉ
PAS VRAI ?

IL NE VEUT PLUS DE MOI.
HIKARU...
KOTORI... TOUT EST FINI ENTRE NOUS.
START
SELECT
COMMENT ÇA SE FAIT ? SA JAUGE D'AMOUR ÉTAIT À 95% !
J'AI ÉTÉ TROP GOURMANDE... JE N'AURAIS PAS DÛ ESSAYER D'EN SÉDUIRE TROIS À LA FOIS...
HI
HI

IL...
... M'A PLAQUÉE.

A ROMANTIC LOVE STORY
KAJI(S)
1ST LESSON

CE QUE J'AI DÉCOUVERT AVEC L'AMOUR ? L'ÉTENDUE DE MA PROPRE BASSESSE. ET LES MÉANDRES DE LA CONVOITISE...

INTRODUCTION

Jeune fille timide et plutôt introvertie, **Kotori Kaji** entre au lycée. Elle n'a jamais eu de petit ami – en dehors de ceux, virtuels, qu'elle a séduits dans des jeux vidéos –, jusqu'au jour où elle rencontre **Yukito Kaji** – un homonyme – qui va changer son existence !

SOMMAIRE

Kaho Miyasaka

A ROMANTIC LOVE STORY

1